AF197868

JO ZIEGLER

2021

# SPINNWIND

EIN
ROMAN
VOM    ERINNERN
UND
VOM VERGESSEN

Cover-Gestaltung ©Jo Ziegler

Jo Ziegler`s
traumluftiger
Demenz-Roman
mit Signalform
lässt eine Reise
in Grenzregionen
aufscheinen,
wobei
Erinnern
und
Vergessen
gemeinsam
ihren
stringenten
finalen
Weg gehen.

**Dem Erinnern kann Vergessen folgen, wobei Formen des Vergessens, einhergehend mit fortschreitender Demenz, aktuelle gesellschaftliche Probleme bei einer zurzeit geschätzten Personenzahl von 1.6 Millionen Menschen in Deutschland (Stand 2021) als eine aktuelle neu zu bewältigende Zukunftsaufgabe darstellen.**

Demenz ist der Oberbegriff für Erkrankungsbilder, die mit einem Verlust der geistigen Funktionen wie Denken, Erinnern, Orientierung und Verknüpfen von Denkinhalten einhergehen und die dazu führen, dass alltägliche Aktivitäten nicht mehr eigenständig durchgeführt werden können.

Demenz ist eine der häufigsten Krankheiten im Alter. Der Verlust der geistigen Leistungsfähigkeit und das quälende Verlöschen der Persönlichkeit betrifft weltweit rund 45 Millionen Menschen – und jedes Jahr kommen weltweit über 300.000 Betroffene dazu.

Allein in Deutschland sind 1,6 Millionen Menschen an Demenz erkrankt. Noch immer gibt es kein Heilmittel und nicht alle Ursachen sind bekannt. Und es gibt immer wieder neue Therapien und Betreuungs-Möglichkeiten für Menschen mit Demenz.

*Das Band kann niemand finden,*
*das meine Gedanken bindet.*
*(u. a. bei Freidank)*

# BUCHINHALT

EMIL ECKSTEIN entlässt sich selber aus der Unfallklinik, denn am heutigen zweiten Sonntag im Oktober endet die Freibad-Saison mit einem besonderen Hundeschwimmtag.

Hier trifft er MIREK CZERANSKI und seinen Schäferhund SALTO, der sein zehntes Lebensjahr erreicht hat und der den Auslöser bildet für Erinnerungen und zeitnahe Zukunftspläne, in deren Verlauf Vergangenheit und nahe Zukunft im Wechsel von absonderlichen Bildern und Formen zerfließen, und dabei den finalen Weg ebnen.

# I

## Er

trägt ein Lächeln im Gesicht.
Allerdings nur einseitig.
Und er hat einen Traum auf der Stirn, den
niemand ihm nehmen kann.

Er denkt, Moos mit Pilzen auf dem
Armaturenbrett des Taxis gehören heute
zur Standardausführung wie Hybrid-
Antrieb und Head-Up-Display in der
Windschutzscheibe.

„Junger Mann, die Fahrt geht zum
städtischen Freibad. Da ist heute
Hundeschwimmtag!"

„Heute, am Sonntag?"

„Genau!"

## Er

trägt Stiefeletten.
Links in der Farbe Blau.
Und rechts in der Farbe Grau.

Er dreht den blauen Absatz zur Seite, unter dem ihn eine extra klein gefaltete Banknote anlacht.

„Junger Mann, den Geldschein bitte in Kleingeld wechseln!"

„An der Tanke Nina Ass?"

„Genau!"

# Er

betastet seine anatomisch geformte, stabile Cervicalstütze.
Vorne die Kehlkopfaussparung und seitlich die Wülste aus 100% Mesh.

Er öffnet den dorsalen Klettverschluss, entfernt die Manschette mitsamt Kunsthaarperücke und denkt bei dem weit geöffneten Panorama-schiebedach an den Aufstieg in die vierte Dimension:
*Up, Up and Away!*

„Junger Mann, behalten Sie das Wechselgeld abzüglich meines Eintrittsgeldes!"

„Sie meinen, für jeden Fuß einen halben Euro?"

„Genau!"

# II

# Vor

dem Aussteigen neben dem Eingang des Freibades lässt sich Eckstein im aufklappbaren Firmenkärtchen der Suleiman-Taxi-Zentrale Fahrer Kazims persönliche Rufnummer für weitere dringende Fahrten notieren. Für Ausflüge oder für Spritztouren, wie er spitz hervorhebt.

Kurz darauf zerkaut Kazim einen gestreiften Beruhigungspilz mitten aus dem Moos, wendet das Taxi, stoppt auf der gegenüberliegenden schattigen Straßenseite und schüttelt sich beim Gedanken an den heutigen Hundeschwimmtag, an deutsche Hundeliebe, an deutsche Tierliebe allgemein und denkt spontan daran, dass seine neue Freundin Walburga gleich mehrere Tiere, nämlich einen schwulen Nackthund, eine Schmuse-Balinesenkatze, eine Rennmaus, eine Albinoratte und einen Beo in ihrem Miniapartment hält. Ganz abgesehen von der strengen Geruchsmischung, die sogar ihr exotisches Parfüm Bambou, ein Geschenk ihrer kreolischen Nachbarin Zazou, keineswegs überdeckt, wünscht er dieser Tierhölle den Umzug in einen Kleintierzoo, beginnend mit Hund, Katze, Maus…

Es verbleiben noch der Vogel im Maxikäfig und die Ratte, dieses Untier. Dick, schneeweiß und verschmust auf ihrer rechten Schulter neben Hals und Wange hockend, während zwischen ihnen auf dem durchgesessenen Zwei-Sitzer-Sofa ein Tellerchen mit Knabberzeug schaukelt, das er nur umständlich vermittels einer leichten linken Körperdrehung in Richtung Ratte an Walburga mit seiner rechten Hand erreicht, während ihn der Beo in seinem runden Riesenkäfig direkt neben dem Fernsehgerät fixiert und dabei an den senkrechten Stäben mit Schnabel-unterstützung raufklettert und anschließend wieder runterrutscht.

In dieser Phase beschließt Walburga das Abdecken des Käfigs mit einem roten XXXL-Strandtuch. Offenbar eine krasse Fehlentscheidung, denn der Beo darunter quatscht urplötzlich laut und markerschütternd:
„Knutschen! Knutschen!"

Derart laut, dass im Hausflur, in der Wohnung nebenan, darüber und darunter bekannt wird, was zwei junge Großstädter vermutlich gerade so treiben.

Bingo!
Oder nicht?

Leider nein!

Aber schön wär's doch!
So denkt Kazim wiederholt frustriert beim Abgang aus seiner romantischen

Komödie beim finalen Abbruchakkord. Dabei tönt im Hinterkopf die Stimme seines verstorbenen Vaters beim Erklären deutscher Eigenheiten in Bezug auf absonderliche Handhabungen ihrer geliebten Vierbeiner:

„Deutsche führen fette Ratten an langen Leinen spazieren!"

Und in seiner nebulösen Erinnerung befinden sie sich dabei auf dem Weg zum Kindergarten zwecks Anmeldung, wo ihn zeitnah Schwester Bernada als zugewandertes Kurdenkind im Schwabenländle empfängt mit ihrem Ausruf:

„Heilig's Blechle!"

Was nun gerade hinter dem Eingang im Schwimmbad abgeht, also wirklich, will er das in allen Einzelheiten wissen? Nein!
Will er nicht, denn ihm genügt die Information, dass der Eintritt 50 Cent pro Fuß und Pfote beträgt und dass am

heutigen Tag ausnahmsweise Hund und Herrchen gemeinsam schwimmen dürfen – für ihn jedenfalls ein unverständliches wie unhygienisches Vergnügen!

# III

# Vor

Aufregung sucht Eckstein die Toilette im Eingangsbereich auf. Beim Wasserlassen denkt er daran, dass Hunde – aus welchen Gründen auch immer – nicht ins Wasser pinkeln, was man allerdings von Menschen nicht behaupten kann. Übrigens, ein nicht beigelegter Streitpunkt mit seinem Goldstück Jessica, wobei die Bedeutung ihres Namens *Gott wacht über dich* bereits bittere Wahrheit ist.

Nach der Verrichtung und nach dem Ruck am Reißverschluss, tritt er kerzengerade vor die Toilettenkabine, wo ihn silberhelle Säulen flirrenden Herbstlichtes blenden. Doch nur für einen kurzen Moment, denn schon erkennt er die Silhouette eines wassersprotzenden zotteligen Bellos, der sich hell bellend aus dem Wellenbecken löst und auf ihn zustürmt. Die Wucht des Anpralls und das Gewicht der Vorderpfoten auf der Brust werfen seinen geschwächten Körper auf den Rücken.

Die herumstehenden Besucher, die Hundehalter, die Kinder, die Jugendlichen und alle aktiven Fotohandys erleben ihre Highlights an einer rotierenden, zusammengeballten Masse aus Mensch und Tier, aus dessen Durcheinander ein Deutscher Schäferhund im FCI-Rassestandard in der Farbe Schwarz mit rotbraunen, braunen und gelben bis hellgrauen Abzeichen sowie ein magerer kahlköpfiger Senior in halblanger weißer Feinrippunterhose mit Eingriff nebst mehreren gelben Spuren sich hervorschälen.

In der Tat, eine hüpfende tangerin-rosarote Zahnprothese aus Kunststoff findet wieder in den Mund, und schon geht die Post ab im Kinderbecken mit Herrchen und Hund, weil Eckstein Nichtschwimmer ist.

Der Betriebsleiter Schissling gibt später dem Lokalreporter zu Protokoll, dass die Wiedersehensaktion geplant war. Zwei Tierärzte bescheinigen dem Senior einen leicht erhöhten Puls. Die Deutsche Tierrettung spendiert dem Bello ein Halsband mit Herz und der Pommesbudenbetreiber berichtet von einer handlichen Plattform, gefüllt mit einer musterhaft braun bis tiefbraun changierend durchgebraten Wurst, badend in scharfer, roter Super-Sauce, über die sich Herrchen mit Hund gemeinsam hermachten.
Und letztendlich dient dessen Bemerkung mit dem Zungenschlag des Reviers für eine reißerische Artikelüberschrift:

*Bello Salto mischt mega maschinski auf!*

Wonach er sich mit dem Hund und seinem Bekannten Czeranski auf den Heimweg macht und dabei den bereitgestellten, bequemen Jumpsuit mit Allover-Print und großer Kapuze mit Kordelzug lobt.

Sie gehen zielgerecht wie diskret aus dem Bilde und biegen am Ende der Zufahrtstraße links ab, weil Czeranski das T-Modell mit Stern verdeckt versteckt hinterm Parkhaus abgestellt hat. Die Heckklappe wird geöffnet und es kommt eine ausziehbare stufenlos verstellbare Teleskop-Hunderampe aus eloxiertem Aluminium und verstärktem Kunststoff, geeignet für Hunde bis maximal 70 Kg, zum Einsatz.

Czeranski zischelt:
„Ünsärr Hünd hat Schlappofix!"

Worauf Eckstein murmelt:
„Und wohin geht die Fahrt jetzt?"

„Zu mir, um kesselwarme Pferdefleischwurst zu essen."

„Du arbeitest noch?"

14

„Nur noch bis zur Monatsmitte, das habe ich dir doch erzählt!"

„Hmm, wann war das?"

„Vor deiner Einlieferung in die Klinik."

„Soso!
Darauf muss ich mich konzentrieren. Jedenfalls war die Zeit in der Klinik nichts für mich. Die Weißkittel haben mich voll und ganz auf eine spezielle Diät gesetzt. Kein Pils, keine Zündkerzen, kein Fleisch und keine Wurst. Nur stilles Wasser, geschmackloses Essen nebst Obstbrei und dazu gefüllte Riegelboxen mit bunten Tabletten. Die habe ich zunehmend unbemerkt mitgehen lassen und entweder unter das Tongranulat der Kübelpflanzen gemischt, aus dem geöffneten Fenster geschnippt oder einfach im WC versenkt. Bald schon strotzte ich vor neuem Tatendrang, das Frühstücksfernsehen bescherte mir wiederholt Frühlingsgefühle und kurz nach der heutigen Meldung vom Hunde-

schwimmtag habe ich *Nägel mit Köppe*
im unbesetzten Stationszimmer gemacht.
Mein Anruf bei dir hat dich wohl so
richtig auf Trab gebracht, nicht wahr?
Sag' mal, Mirek, wohnst du noch immer
in zwei Wohnungen?"

„Sicher doch!
In der Einliegerwohnung deiner
Doppelhaushälfte und noch in der
Hinterhofwohnung meiner Metzgerei."

„Und warum fahren wir in Richtung
Bottrop?"

„Weil ich dort zum letzten Mal
Pferdefleischwurst hergestellt habe."

# IV

## Eckstein
blinzelt gegen die tief stehende
Spätnachmittagssonne.

Es ist ewig her seit meiner ersten Fahrt nach Bottrop, denkt er. Sieht sich hinter dem großen Lenkrad des neuen T-Modells und erinnert sich an seinen 65. Geburtstag, an dem der Kauf eines Schäferhundes, eines Welpen, ansteht.

„Ausgerechnet über eBay, ausgerechnet in Bottrop und ausgerechnet beim Pferdemetzger Czeranski", nervt Jessica.

„Vermiese mir meinen besonderen Geburtstag nicht! Das Beste wäre jetzt, wenn du fährst, denn hier wird's unübersichtlich und es geht permanent bergab wie der gefühlte Gradmesser meiner Stimmung."

„Ein neuer Benz mit Automatik ist nicht mein Ding."

„Aber meins, man wird ja nicht jünger. Außerdem hat der Neuwagen ein Navigationsgerät. Das kann uns jetzt helfen."

„Könnte uns helfen, denn die komplizierte Bedienung ist auch nicht mein Ding."

„Dann halte ich an und wir fragen nach dem Weg."

„Auf gar keinen Fall, denn hier gilt: *Kommsse nach Bottrop, krisse ein aum Kopp dropp!*"

„Jessica, ich habe vollgetankt und ich fahre jetzt einfach weiter – immer der Nase nach."

„Und ich steige dabei mal kurz und bündig ins Alphabet bei B wie Bottrop ein, wo es nach Industrie riecht, wo Bottrop stinkt wie ein Furz in der Badewanne und wo Bottrop wahrlich kein Paradies ist.

Doch man lebt hier irgendwie zusammen – und was soll's, ein Dorf am Hügel, wie der Name der Stadt sich aus dem mittelalterlichen Namen *Borthorpe* ableitet, war, ist und bleibt bunt einschließlich seiner Umgebung."

„Jessica, was du nicht sagst!
Dabei sind wir schon mitten drin. Ein kurzer Blick nahe der Post führt zur Leuchtreklame mit Schlesischer Wurst, daneben werden polnische Waren ange-

boten. Am Frisiersalon und am Kiosk prangen türkische Namen und ein paar Läden weiter gibt es Pferdefleisch. Es gibt dort nicht nur Pferdefleisch sondern auch Pferdefleischwurst, eine echte Spezialität von Czeranski, wie sie im Schaufenster als blinkender LED-Fleischwurst-Kranz angepriesen wird."

„Gut zu wissen, dass er den Schäferhund-Welpen nur zum Verkauf anbietet und ihn nicht in seiner Wurst verarbeitet hat.
Knallhart bemerkte dazu Otto von Bismarck schon:
«Je weniger die Leute wissen, wie Würste und Gesetze gemacht werden, desto besser schlafen sie.»
Und gleichwohl mit Wilhelm Buschs geflügeltem Wort gilt:
«Des Schweines Ende ist der Wurst Anfang.»
Damit wollen wir es mal beim Thema bewenden lassen.

Und wenn du jetzt nicht sofort bei Czeranski anhältst und stattdessen weiter in Richtung Emscher fährst, dann landest du zwischen den Kokereien, die ihr Gas abfackeln.

Und wenn du dort bis zum Abend wartest, dann leuchten dir tausend Feuer als Geburtstagsgeschenk.
Emil, willst du das?
Oder willst du lieber mit dem Welpen um die Wette fiepen?"

„Jessica, mein Goldstück, was wäre ich nur ohne dich!"

# V

## Czeranski

greift zur Sonnenbrille wegen der tief stehenden Spätnachmittagssonne.

Es ist lange her seit meiner Ankunft als Aussiedler in Bottrop, denkt er. Sieht sich mit zwei Koffern aus Pappmaschee und seinem runzeligen Vater mit Rucksack beim Betreten einer möblierten Hinterhof-Mietwohnung mit ihrer ungleichartigen und das Bizarre streifenden Ausstattung. Er begreift sie spontan als einen ganz besonderen Ort der Lockerung sowie als ein kraftvolles Korrektiv für Streben nach einer besseren Zukunft, denn in den noch leerstehenden Räumen der angrenzenden Metzgerei im Hauptgebäude hört er bereits die Kasse klingen.

Es ist so lange her, dass meine heutige Heimat jetzt hier ist, denkt er. Hinzu kommt, dass in meiner Sprache keine wörtliche Übersetzung für Heimat zu finden ist. Es gibt ein Wort für Vaterland, OJCZYZNA, eines für Zuhause, DOM, aber kein eigenes für Heimat, die in mir vornehmlich ein diffuses Gefühl des Ankommens hervorruft.

Ich bin hier in der Mitte von WIR dennoch angekommen, so denke und fühle ich immer dann, wenn ich von einem Besuch in Polen zurück nach Deutschland fahre und zu mir sage: Miroslav, du befindest dich jetzt auf deinem Heimweg!

Hinzu kommt, dass mich eine Community von Zuwanderern des 19. Jahrhunderts umgibt, nämlich die sogenannten Ruhrpolen, die aus dem damaligen Ostpreußen in die aufstrebende Industrieregion des Ruhrgebiets zogen.

„Vater, hier fehlt in der Tat ein Pferdemetzger, hier fehlt Pferdefleischwurst als eine echte Spezialität von Miroslav Czeranski.

Die hart arbeitende Bevölkerung braucht pfundige abgebundene Fleischwurstkränze, die sodann im großen Familienhaushalt in vier Teile geteilt und, je nach Hunger, nochmals längs über die Mitte aufgeschnitten werden können."

„Mirek, mein Sohnemann, es freut mich, dass meine in der Heimat gegründete Ross-Schlachterei hier in zweiter Generation von dir in einem besonderen Betrieb bald fortgeführt wird.

Qualität aus eigener Herstellung und eine umfangreiche Produktpalette traditioneller Fleischerzeugnisse wie Pferdeklopse, Sauerbraten, Rouladen, Gulasch, Braten, Roastbeef, Steaks und Filets gehören gleichwohl zu dem Klassiker der Pferdefleischwurst neben Bockwurst, Krakauer, Dauerwurst, Rauchfleisch und Saftschinken. Und immer muss beim Bedienen deine Frage wie aus der Pistole geschossen kommen: *DARF'S ETWAS MEHR SEIN?* "

„Verstehe!"

„Und Mirek, mein Sohnemann, auf den Hackblock sollten sich keine zu Fuß heimkommende Brieftaube verirren, denn sonst hast du hier bis in die Steinzeit verschissen, *KAPOWAĆ?* "

„Verstehe!"

„Und Mirek, mein Sohnemann, auch sehr viel weniger ausgediente Schäferhunde aus den grenznahen Dienst- und Wachhundestaffeln oder aus den dortigen weit verbreiteten Zucht-stationen mit ihren anfallenden Mängelexemplaren. Ich meine Einhoder oder Hunde mit Gebiss- und Gebäudefehlern oder gar missratene kleine Kläffer, *KAPOWAĆ?*"

„Verstehe!"

„Und Mirek, mein Sohnemann, eine neue Zeit ist angebrochen. Neue Metzger braucht das Land, während der Metzger weiter das Metzgermesser mit des Metzgers Wetzstein wetzt und sich im Kerngeschäft mit der Schlachtung, Zerlegung und Verarbeitung von Geflügel, Schweinen und Rindern befasst, *KAPOWAĆ?*"

„Verstehe!"

# V

## Salto

schnarcht und stinkt vor sich hin. Sein gesteigerter Chlorgeruch steigt Eckstein in die Nase und lenkt dabei seine Gedanken zurück ins Kinderbecken, wo er bei einem Ausrutscher auf seinem Hinterteil landet und Salto als spritzenden Doppler über sich sieht.

Beim beidseitigen Augenwisch setzt spontan ein starker Juckreiz ein, der Salto weiterhin im Doppelpack zeigt, nunmehr in zunehmend zerfließenden Formen, die sich langsam auf geschwungene helle Linien reduzieren und sich beim Blinzeln gegen das Sonnenlicht als Rand des Kinderbeckens zusammenziehen, auf dem Salto mit Zwilling sitzt.

Dass manchmal alltägliche Gegenstände ihre Formen für einen Augenblick verlieren können, wird ihm dabei wieder bewusst, wobei der nächste Wisch über seine Augen langsam zur alten Sehgewohnheit zurückkehrt, eine Dysfunktion, die ausgerechnet vor zehn Jahren an seinem 65. Geburtstag, wo der Kauf eines Schäferhund-Welpen anstand, ihn erstmalig überraschte. Nachfolgende, über die Jahre hin sich steigernde Vorfälle mit begleitenden Unruhezuständen nisteten sich seit jener Zeit in seinem Leben ein.

Seine damalige kurz anhaltende Verwirrung sowie seinen folgenden nächtlichen Unruhezustand führte er auf den wuscheligen jungen Hund zurück, dieses wuselige Kompaktpaket, dem er in einer Eingebung spontan den Namen Salto gab, vermittels Vollumarmung vereinnahmte und sich gleichzeitig schämte, seine Jessika, sein Goldstück, wie er sie nannte, schon seit geraumer Zeit dergleichen nicht mehr gedrückt zu haben, wobei sich die lange löffelförmige Hundezunge ihm beim Schlecken des Gesichts ebenfalls in visuell doppelter Ausführung zeigte, und er noch beim dritten Mal in Folge beim Wasserlassen das Gefühl hatte, ausführlich im Schritt beschnüffelt zu werden.

Ebenfalls seltsam, dass er bei seiner schleichenden Rückkehr ins Ehebett einen besonderen Geruch wahrzunehmen glaubte, den Jessikas Parfüm damals bei ihrem ersten Kennenlernen dezent verströmte.

Salto rappelt sich spontan hoch und fiept leise. Vermutlich signalisiert er unsere Ankunft, der schlaue Hund, denkt Eckstein, während ihm bei seiner Inaugenscheinnahme vom Gebäude der Metzgerei ganz überraschende Bilder bestürmen:

Neben dem seitlichen Eingang ist ein Schaufenster breiter als das andere, und da ist ein zweiflügeliges Garagentor mit ebenfalls ungleich breiten hölzernen Drehflügeln. Irritiert fragt er:

„Sind wir am richtigen Ort angekommen? Und stimmen des Weiteren Saltos triebliche Anlagen?"

„Ünsärr Hünd wittert Eselfleisch, das ich meiner letzten Charge der Pferdefleischwurstproduktion beigemengt habe."

„Mirek, werden deine Witze Wirklichkeit?"

„Sieh's mal so:
Die Utopie vom Vormittag ist die Wirklichkeit vom Nachmittag wo die Hühner gackern zwischen Reihen von sprießenden Pilzen, die die Landschaft in rhythmischen Abständen parallel zum Horizont teilen. Und dazwischen wiehert ein Esel, der sich beim Eselwandern im Dreiländer-Eck Südsauerland, Ober-

Bergischer Kreis und der Gemeinde Friesenhagen in Rheinlandpfalz selbständig machte."

„Was? Was!"

„Der Esel mit dem Namen Äsop war konträr zu seinem Namen ein offensichtlich mental gestörtes Exemplar, denn er hat gleich mehrmals in die Karosserie eines orangefarbenen Sportwagens gebissen, der am angrenzenden Feldweg geparkt war.

Der zuständige Landwirt wollte ihn erschießen lassen, doch ich schlug gegen kleines Geld die Überführung in einen Gnadenhof vor. Du verstehst, damit leitete ich sowohl seinen als auch meinen finalen Akt der Verwurstung in meiner Metzgerei ein."

„Meine Gratulation zum Höhepunkt dieser fulminanten Eselei! Doch ein ganzes Rudel von Schäferhunden aus grenznahen Zuchtstationen fand hier gleichwohl ihren Ein- und Ausgang, nicht wahr?"

28

„Nun ja!
Mein Vater kannte sich sehr gut aus im Grenzland mit der dortigen Schäferhundezucht. Im zunehmenden Maße nahm er mich mit bei seinen speziellen Fahrten. Ich lernte viel über deren Rasseeigenschaften. Du erinnerst dich, als ich dir damals die Besonderheiten des Welpen Salto aufzählte?"

„Entschuldige, mit Salto fühle und fühlte ich mich schon immer eins, obwohl ich seine Besonderheiten gerade nicht auf die Reihe bekomme. Entschuldige, ich habe gerade Aussetzer im Kopf. Hilf mir mal!"

„Schäferhunde gelten als sehr lernwillig, jedoch ist aufgrund ihres Selbstbewusstseins eine sehr konsequente Erziehung mit viel Geduld, positiver Bestärkung und Verständnis absolut notwendig.

Zu beachten ist, dass sie über einen ausgeprägten Schutztrieb verfügen und dazu sehr aktive Hunde sind, die viel

Auslauf und Beschäftigung nötig haben. Hundesport ist sinnvoll, weil dadurch nicht nur körperliche sondern auch geistige Beschäftigungen geboten werden.

Sie haben ein loyales Wesen und können sich eng an Personen, die sie kennen, anschließen.

Und in ihren trieblichen Anlagen sind sie sehr arbeitswillig und positiv zu benoten, was ebenfalls Unterordnung sowie Fährten- und Schutzdienst betrifft. Du musst doch zugeben, dass du dich zusammen mit Salto im Haus immer sicher gefühlt hast, nicht wahr? Dazu kotet keine streunende Katze in deinen Minigarten und Mäuse machen ebenfalls einen Bogen."

„Mirek, schon seltsam!
Ich sehe und höre dich beim Sprechen. Doch dabei legt sich gleichzeitig über deine Worte ein Klangteppich. Echt, ich höre Charles Trenet singen. Er singt: *La Mer* und dann folgt abrupt Otis Redding, der singt:

*Sitting On The Dock Of The Bay.*
Gleichzeitig sehe ich mich neben meinen
angedockten Booten am Phoenix-See und
gehe in den Bootsspind. Die Tür schlägt
zu im Septemberwind. Ich bin mit mir
selbst allein und krampfe beim Gedanken
an meine letzte Lockerung."

„Ach was!
Einsamkeit schult die Phantasie und wirkt
ingeniös beim langen Gang durchs Land,
denn:
*It's A Long Way To Tipperary!*"

„Meinte welcher Schlaumeier?"

„Voll egal!"

„Äh… Ja… Nein… Jein!
Wieder raus aus dem Spind, will ich mich
hinterm Zaun einrichten. Dort kann es
aber eng werden und das Verlangen nach
Ausbruch      wecken,      denn      die
Eingegrenzten sind oft so unglücklich
wie die Ausgegrenzten.

War da nicht gleichwohl ein für
wahnsinnig gehaltener Prinz, der uns zum
Kulturgut geworden ist?

Jedenfalls kehre ich wieder in den
Bootsspind zurück mit einem Bello an

der Seite – mit meinem Bello Salto. Mit Sternchen in den Augen und mit gespreizten Victory-Knoten-Fingern und dem Ausruf: Es ist allgemein bekannt, dass ein Hund keine Hängematte ist. Doch ein Hund ist eine Hängematte! L'art est mort! Vive Dada!

Mir ist so, als wäre ich dabei in einem schrägen Film. Ich meine, du liest mir gerade vor aus der Graphic Novel von Emil Eckstein in seinem kleinen Häuschen, wo Hund, Katze und Maus immer links, rechts und ganz geradeaus an den Hauswänden entlang rennen und, um nicht überfahren zu werden, weil sie noch nicht gelernt haben, beim Ampelgrün die Straße zu queren, einfach wieder umkehren und zurücklaufen. Ist das ein utopisches Konzept einer Maschinerie namens Perpetuum Mobile, die ohne Energiezufuhr ewig läuft und läuft und läuft?

Doch die Sache hat einen Haken, weil ohne Energiezufuhr, sprich Nahrungsaufnahme, überhaupt nichts läuft, nicht wahr?

Und überhaupt, wir sollten gleich ein Pils zischen als flüssige Nahrungsaufnahme.

Und überhaupt, mein Gedächtnis ist zunehmend verwirrt."

„Hauptsache, du hörst noch nicht die *Neun Chöre Der Engel*!

Und… Wie war das denn, als du bei Rot über die Ampel gelaufen bist und dich ein Giant-Quick-E-Bike erfasste?"

„Das habe ich von jetzt auf gleich vergessen, daran kann ich mich nicht mehr erinnern. Nur noch an den unfreiwilligen Krankenhausaufenthalt."

„Den du heute eigenmächtig beendet hast."

„Höchste Zeit, aus dieser Nummer auszusteigen."

„Aber was meinst du mit einem zunehmend verwirrten Gedächtnis?"

„Da schaue ich durch die herzförmigen Aussparungen in der

Balkonbalustrade mit Blick über den Phoenix-See, sehe schillernde Lichtreflexe und flirrendes mittägliches Sommerlicht, das den Steg meines Bootsverleihs fokussiert, wobei meine Erinnerungen plötzlich wieder wach werden, die in eigenartigen Reihenfolgen einherkommen.

Dabei bin ich kein Dogmatiker der Linearität, denn meine Erinnerungen sind nicht an einem Erzählstrang aufgereiht, nein, ich bin vielmehr auf Vielfalt konzentriert und damit dezentriert, wobei mich ein Unruhezustand befällt."

„Das höre ich gerade erstmalig von dir."

„Wobei ich mir einbilde, mit dir schon mehrfach darüber gesprochen zu haben. Immer dann, wenn wir auf meinem Balkon gesessen sind.
Ja, gerade dann. Aber warum?"

„Darüber müssen wir morgen wiederholt auf deinem Balkon sprechen. So, jetzt lass uns reingehen in meine gute Stube, wo auf uns das Bizarre in Form meiner postdramatischen Einrichtung wartet, die ich bereits als Requisite dem Katakomben-Theater vermacht habe."

„Ein sehr sozialer Zug von dir. Wie lautet denn der Titel der nächsten Aufführung?"

„Eine gute Frage!
Die kann ich dir nicht beantworten, doch an die Ankündigung beim Frühstücksfernsehen kann ich mich erinnern. Ebenso während der abendlichen Nachrichtenmeldungen, in denen die Ausfahrt Kaltenborn wegen Aufbringung von Flüsterasphalt bis zum Nikolaustag gesperrt wird und wo auf dem Gelände des belgischen Atomkraftwerks *TRIGEIGER* bei Himbeerheim ein Irrer zwischen Paletten im Einmannzelt sein Soloabenteuer mit Geigerzähler sucht."

„Hast du wenigstens Freikarten für uns herausgehandelt?"
„Habe ich.
Wir sitzen mit Salto zwischen uns in der siebten Reihe links außen."

„Warum?"

„Weil direkt daneben die breite Doppelflügeltür liegt. Eine Fluchttür für dich und Salto wegen möglicher erworbener Blasenverkühlungen im Schwimmbad."

„Stimmt!
Beizu muss ich mal eben außerplanmäßig müssen. Das ist kein perspektivisches Vorhaben, sondern eine automatische Körperfunktion, richtig?"

„Wahrscheinlich, äh, wie du meinst. Komisch finde ich nur, dass Salto sich mit Mandelsplittern ruhigstellen lässt. Hast du dich damit auch schon bevorratet?"

„Nein!
Ich habe mich während meiner Erleichterung zeitlich selbst verloren beim Zählen zahlreicher Pinkelflecken auf den Fliesen vor dem WC. Und überhaupt, wo sind denn die Mandelsplitter?"

„In meinem und in Saltos Magen."

„Ihr beide werdet zunehmend komisch."

„Emil, immer mit der Ruhe. Willst du noch ein weiteres Pils zischen?"

„Mirek, auf einem Bein kann man nicht stehen, während das Leben in der Schau nach rückwärts verstanden, aber nur in der Schau nach vorwärts gelebt werden kann."

„Soso!"

„Mirek, diesen Satz markiere ich jetzt auf dem Großdruckkalender in den Spalten vor Mariä Lichtmess, Sexagesimä, Rosenmontag, Fastnacht, Valentinstag und Aschermittwoch, damit ich ihn mir von jetzt auf gleich auf den Hirnschirm holen kann."

„Kannst du gerne machen. Ist aber nicht zielführend, denn der Monat Februar ist schon lange vorbei. Wir befinden uns bereits in der Mitte vom Oktober."

„Ach ja, im Oktober! Da bin ich im Kinderbecken eines

Schwimmbades angekommen, wo ich bei einem Ausrutscher auf meinem Hinterteil lande und Salto als spritzenden Doppler über mir sehe.

Salto, mit dem ich dann dicht an dicht am Beckenrand sitze und der leicht fiept, etwa zum Trost?

Salto, der zu mir mit seinen braunen Augen hochschaut. Ich bin ich der Einzige, der in seinen Augen gleichzeitig Jessikas Augen sieht, dabei meine flirrenden Lichtpunkte vor beiden Augen wie ein traumluftiger Spinnwind mit Zittern am ganzen Körper, gefolgt von einem abrupten Abbruch.

Es ist ein Gefühl, ja eine Erinnerung an Jessika, wobei meine Erinnerung an eine andere Zeit hochkommt, die auf einem lang zurückgelegten Weg wieder wach wird, nämlich an jenem Tag meines 65. Geburtstags, an dem der Kauf eines Schäferhundes, eines Welpen, ansteht. „Ausgerechnet über eBay, ausgerechnet in Bottrop und ausgerechnet beim Pferdemetzger Czeranski", nervt Jessica.

Es ist ein Gefühl, ja, es ist eine besonders starke Erinnerung an Jessika, die Salto in besonderen Situationen in mir hervorruft.

Salto − niemand sonst!

Wieder werde ich unruhig. Allzu lebhaft fährt meine Erinnerung jetzt Szenen auf, in denen Jessika und ich die Autotüren öffnen und wir heraustreten in die Nacht mit ihren tausend leuchtenden Feuern als eine Grenze zu einer anderen Welt, in der Rußpartikel schweben wie in einer gläsernen umfunktionierten Schneekugel mit Rußflocken, die sich auf Salto fokussieren, sich lautlos auf ihn legen, ihn schwärzen und ihn aus dem Bilde löschen.

Jessika und ich gelangen durch eine Drehtür in die Eckkneipe der polnischen Sowa, die zur deutschen Eule wurde und in der uns Mirek Czeranski unbedingt eine nahe gelegene Hundeschule für Salto empfiehlt.

„Emil, jetzt hast du ein dauerhaftes Ausflug- und Beschäftigungsprogramm abonniert. Naja, dann kann ich mich in dieser Zeit vermehrt um unser neues Haus kümmern", höre ich Jessika und sehe sie im nächsten Bild wie sie inmitten unseres

Gartens das weiche Nachmittagslicht lächelnd mit sich spazieren führt und dabei eine bestückte Mausefalle spannt und sagt:

„Oder sollen wir uns noch zusätzlich eine Katze anschaffen?"

Ich winke ab mit den Worten:

„Hund, Katze, Maus – wir sind doch keine Zoowärter! Obwohl ich gleich mit Salto in der Hundeschule immer schön links, rechts und geradeaus laufen werde."

„Tja, Mirek und heute stehen nur wir beide vor der Holzhütte auf dem Gelände der Hundeschule und ich sage zu dir: Du, ich komme heute ohne sie."

„Ja, tut mir leid, Emil."

Salto schaut wieder zu mir hoch. Dabei bin ich der einzige Mensch, der in seinen Augen gleichzeitig Jessikas Augen sieht, und wenn ich in sein Langstockhaar mit der Unterwolle greife, dann berühre ich wieder gelinde Jessikas Lockenkopf wie im gleitenden Spinnwind.

Mirek und Salto im Blick, folge ich gleichzeitig einer seitwärts abdriftenden, sich schnell auflösenden weißen Wolke über einer Kokerei und gebe ihr und Mirek mit auf den Weg:

„Bei meiner Fahrt hierhin löste sich spontan bei einem Ampelstopp meine Orientierung wolkengleich auf. Aber nur kurzzeitig, einhergehend mit Zittern und Unruhe.

Mirek, mit wem sonst außer dir soll ich denn darüber reden, der mich versteht?
Etwas anderes legt sich da über mich. Kurz darauf kommt die Erinnerung in ihren Einzelheiten im Stakkato-Takt zurück und berührt mich und verwirrt mich gleichwohl in der neuen Zuordnung, obwohl ich auf meiner altbekannten Route unterwegs bin. Selbstverständlich inmitten drastischer Ecken im industrialisierten Ruhrgebiet, gesäumt von schwarzen mit Kohlenstaub bedeckten Hängen, wo in nächster Staffel, hart dahinter, die Lichtgarben und die Feuerbälle der Hochöfen wabern und zucken, und wo zur Bewachung in Reih und Glied die Schlote stehen, während Fördertürme dahinter sich mit geisterhaft drehenden Rädern aus dem Bilde stehlen. Ich stoppe kurz darauf an der Hauruck-

Pommesbude *GENERAL VOGELHEIM* mit drei Stehtischchen davor und mit Blick auf die Doppelkreuzung. Ich lasse dabei mal alle Fünfe gerade sein. Salto schlabbert Wasser aus einem Napf, ich knacke eine eiskalte Cocca-Dose und die Welt ist wieder in Ordnung. Pulsierender Verkehr mischt sich mit dem angesagten Sound von Deutschrap, Türkrap, Rammstein, Heino, Tanzcafé Berlin, Hammer Big-Band sowie Álvaro Soler aus offenen Autofenstern sowie Cabrios, und für einen Augenblick wird die Kreuzung zur Bühne der besonderen Art, als ein speigelber, tiefergelegter Manta wie an einem Faden gezogen auf quietschenden Niederquerschnittsreifen durch die Linkskurve schnürt, sich filmreif wie eine Banane um die Kurve schält, mit Vollgas verschwindet und dabei einen illegalen Feuerfetzen aus dem Auspuff schleudert. Und ich, ich bin mitten drin!"

„Emil, deine Autofahrten solltest du fortan gegen Busfahrten tauschen. Ich schlage dir vor, ich übernehme das Autofahren und wir teilen uns die Kosten."

42

„Mirek, dein Plan ist gut. Doch er ist aber auch gleichzeitig eine große Herausforderung wie Hürde für mich."

„Wieso?"

„Weil ich Autofahren beherrsche, Busfahren aber nicht. Du müsstest mich schon einweisen und mit mir Probefahrten machen. Auch zusammen mit Salto. Für ihn ist Busfahren auch neu. Und dann alles genau aufschreiben, äh, die Buslinien, die Haltestellen. Und mir den Fahrplan erklären. Und um das Ausfüllen von Formularen möchte ich dich auch bitten.

Mirek, es ist so wie es ist. Ein Detail außer der Reihe genügt schon und ich sehe mich in einem anderen Film, den ich überhaupt nicht sehen will. Etwas anderes scheint auf und legt sich schwer über mich. Und diese Momente werden mehr. Ich kann nichts daran ändern, nur fühle ich mich zunehmend einem Turbulenzzustand ausgeliefert, in dem ich plötzlich etwas tue oder etwas sehe, was ich nicht will. Dann werde ich unruhig, möchte mich gerne mit jemandem austauschen und um Hilfe bitten. Und danach muss ich mich ausruhen, unbedingt!

Mirek, dir vertraue ich. Und Mirek, du wohnst ja in Kürze für immer bei mir im Haus in deiner Einliegerwohnung. Wir beide, zusammen mit Salto, wir sind dann ein starkes Team."

„Sowieso!
Wobei ich Salto steigere und Saltissimo sage."

„Warum?"

„Weil ich spontan die Idee habe, dem Bello Führhund-Qualitäten angedeihen zu lassen."

„Einem alten Hund kannst du keine neuen Tricks mehr beibringen."

„Das ist ein Sprichwort, doch die wahre Realität wollen wir selber im Experiment herausfinden. Emil, ich sehe dich schon in der Version von Emil 2.0 vor mir:

Du trägst eine große Hornbrille, hast einen weißen Stock in der einen Hand und führst Salto mit der anderen Hand am Handgriff des Führhundgeschirrs mit einer dezenten Blindenplakette. In dieser Camouflage-Ausstattung an Schäferhund Salto, darfst du immer mit Hilfe rechnen. *KAPOWAĆ*?"

„Verstehe!"
Und dabei ist es beinahe egal, ob ich links, rechts oder geradeaus gehe, richtig?"

„Richtig!"

„Welche Fähigkeiten sollten Salto als Assistenz- und Führhund denn beigebracht werden?"

„Natürlich nicht das gesamte Programm eines Blinden-Führhundes. Ich stelle mir folgende Assistenz-Fähigkeiten vor:
Salto soll mit den unterschiedlichen alltäglichen Situationen wie Straßenbahnfahren, Supermarkteinkauf, Restaurant- und Stadtbesuch umgehen

können. Und ganz besonders wichtig ist, dass er dich vom Ziel wieder sicher zu deinem Haus zurückführt. Ich werde mich nach einer geeigneten Hundeschule erkundigen und du kannst davon ausgehen, dass wir im Verlauf eines Jahres die Sache in den Griff bekommen."

„Mirek, ich bin bereit!"

„Und Salto ist auf dem Sprung. Er ist dir und mir seit zehn Jahren vertraut, wobei ich seine trieblichen Anlagen als Schäferhund sehr hoch einschätze, seitdem mir ein Muttertier damals bei einer grenznahen Zuchtstation auffiel. Ich hatte dabei den gleichen Blick, hatte das gleiche Gefühl wie mein Vater bei dieser letzten gemeinsamen Autofahrt ins Gebiet der damaligen gefallenen Grenze im Nordosten.
Die Annonce in einer Tageszeitung lobte den Restbestand von zwei billig abzugebenden Schäferhunden im Grenzkommando Eike op ten Hövel aus, wobei Nachfragen am Wochenende erbeten waren, weil die Hundezucht nur im

Nebenerwerb von Bauer Hansen betrieben wurde.

Die Hundezucht lag abseits der Kasernen in einem Brachland, das die kalte Jahreszeit toppte mit einer Handvoll brusthoher Hundeboxen aus Holz, die in ihrer parallel zum Schweinestall angesiedelten Lage sinngemäß die Nüchternheit des nahen Kasernengeländes reflektierten.

In einem separaten Zwinger sprangen mehrere Schäferhunde an ihren Auslaufgittern hoch und bellten verhalten in der Freude einer Abwechslung. Es waren alte abgearbeitete Diensthunde mit einem geringen Verkaufswert.

Hätten wir da nicht einen Klagelaut vernommen, wären wir zügig mit diesen beiden Kötern ins Ruhrgebiet zurückgefahren. Doch ein ziehendes Fiepen kam aus einem vertrockneten Gebüsch in der Nähe, und wo das Gebüsch etwas wackelte, zeigte sich ein Hundekopf, wobei dessen gelbes Gesicht in einem löwenhaften, etwas helleren Kragen lag, und das Tier insgesamt eine besondere Würde ausstrahlte. Die Ohren blieben hochgestellt während sich der Schäferhundezüchter Hansen näherte und erklärte, dass diese Hündin außerhalb der Holzhütte geworfen habe. Die Hündin blieb stehen und knurrte zu Hansen hinüber. Je nach Inbrunst näherte und entfernte es sich, und ihr Knurren ging in einen wenig Versöhnung erkennen lassenden grummelnden Dauerton über, während im Hintergrund weitere klagende Töne einfach nicht überhört werden konnten.

Hansen erklärte weiter, dass die Hündin ihre Hütte verweigert und unter freiem Himmel in der Winterkälte einen Wurfkessel gegraben habe. Letzteres ließ auf ihre akute Verwilderung schließen, ein Geschehen, das die Selbstbehauptung der Hündin verriet als eine zurückgewonnene Souveränität. Man werde heute noch das Ausheben des unerwünschten Welpenkessels vor-nehmen, während die Hündin in einer Fangschlinge gehalten wird. Sie erfülle den Rassestandard für Schäferhunde und, da auch der bekannte Erzeuger ihrer Nachkommenschaft in diesem Sinne als vollwertig gelte, werde er mit diesem Wurf auf die Aufzucht respektabler Welpen hoffen können.

In der Vergangenheit kam ich hier in unregelmäßigen Abständen vorbei, kaufte den einen oder anderen Welpen, den ich dann je nach Zustand vermittels eBay anbot."

„So auch Salto, der nicht verwurstet wurde."

„Hallo, zuckt da ein Geistesblitz?"

„Ja, passend zur Realität der Eselei bei deiner letzten Verwurstung!"

„I-Ah!"

# VI

## Saltissimo
## Mit
## Hund
## Katze
## Maus
## Rechts
## Links
## Geradeaus

„Emil, warum hast du denn damals diese Doppelhaushälfte mit Einliegerwohnung gekauft?"

„Sage ich dir gleich. Dazu gehe ich in anderes Leben rein und komme so schnell nicht wieder raus."

„Du meinst, nicht mehr so schnell geradeaus heraus?"

„Jedenfalls stehe ich inmitten letzter Nacht auf, ziehe mich an und erkenne keinen Grund dafür. Setze mich vor die Balkontür, schaue auf die glitzernde Uferpromenade mit dem Steg des Bootsverleihs und habe was verloren.“

„Was hast du verloren?“

„Ich habe die letzte Nacht verloren und ich habe den Bootsverleih verloren. Jedenfalls steht davon nichts in der Tageszeitung. Jetzt sag mir mal, welches Datum wir heute haben?“

„Hast du doch sicher in der Tageszeitung gelesen. Da wurde auch der erfolgreiche Hundeschwimmtag erwähnt, der im nächsten Jahr wiederholt stattfinden soll.“

„Ich weiß nicht, wo denn?“

„Im Süd-Viertel.“

„Ist es denn wahr?!
Da kannst du uns sofort wieder anmelden, doch jetzt müssen wir unseren

gemeinsamen Nachmittag noch in die richtigen Bahnen lenken.

Für Salto gibt es drei Mettwürstchen und für uns Dortmunder Actien-Bier."

„Prost Emil!"

„Als du meinst, Meister Propper!"

„Ich bin der Mirek."

„So nannte dich schon dein Vater."

„Klaro, damit meinte er mich!"

„Ist er nicht kürzlich verstorben?"

„Nein, das ist schon lange her, da kannten wir uns noch nicht."

„Ich frage deswegen, weil auch ich bei meinem vergangenen Klinikaufenthalt erfuhr, dass ich verstorben sein soll. Und nachdem man mich für tot erklärt hatte, musste ich mich schnurstracks selbst entlassen."

„Dabei kam dir der Hundeschwimmtag zupass, stimmt's?"

„Irgendwie stirbt dabei eine Idee schneller als sie mir kam! Kannst du dir vorstellen, wie mir war, als eine junge Ärztin mich in der Früh weckte mit der Nachricht, dass mich meine Krankenkasse für tot erklärt hat?

Als ehemaliger Sparkassenleiter zählte ich 1 und 1 zusammen mit dem Ergebnis, dass eine irrtümliche Todesmeldung fatale Kreise ziehen kann. Angefangen bei der Krankenkasse, die meine Behandlung nicht zahlen will, gefolgt von der Aussetzung meiner Rentenzahlung bis hin zur Kontensperrung. Eine Sterbeurkunde hatte niemand gesehen, die gab es ja auch nicht. Doch einmal in die Welt gesetzt, hatte sich der fatale Fehler rasch verbreitet per automatischer Datenübermittlung."

„Emil, jetzt verstehe ich auch, warum du ein Blumenkohlohr von deinen vielen Telefonaten bekommen hast."

„Das normalisiert sich schon wieder. Prost Mirek!"

„Und wer hat dich ins Jenseits geschickt?"

„Die Todeserklärung kam ursprünglich von der Deutschen Rentenversicherung. Statt der Versicherungsnummer eines tatsächlich verstorbenen Rentners wurde meine Nummer eingegeben, also menschliches Versagen.

Noch am selben Tag sei der Fehler erkannt und korrigiert worden. Doch es wurde übersehen, dass die Maschinerie weiterlief. Die Eingabe des Todestages hatte im Hintergrund eine maschinelle Mitteilung an die Krankenkasse ausgelöst, und von der Krankenkasse aus verbreitete sich der Fehler voll-automatisch weiter und nahm kafkaeske Züge an.

Naja, alle betroffenen Stellen haben inzwischen den Fehler korrigiert und bedauern die Angelegenheit sehr. Ganz unfreiwillig war ich deswegen mehrfach in der Sparkasse, die ich damals kurz nach ihrer Fertigstellung verließ und in den Ruhestand ging. Im Raum mit den Kundenschließfächern habe ich länger als nötig hinter dem Paravent vor meiner eingelagerten leeren Kassette gesessen und dabei festgestellt, dass die mir bekannten Sicherheitsvorkehrungen ringsum nicht geändert wurden.

Zusammen mit Salto sollten wir dort einige Kassetten aus den Schließfächern entwenden. Genauer gesagt, vier Stück, die exakt in meinen maßgeschneiderten Rucksack passen.
Prost Mirek!"

„Hast du deswegen damals das Haus am Phoenix-See direkt an der Rückseite des Sparkassen-Neubaus gekauft?"

„Frag mich nicht nach Sonnenschein! Wenn die Sache irre wird, dann werde ich zum irren Profi. Mir glüht der Kopf wie ein dicker Lampion, in dem aus dem Nichts ein Spiel beginnt, worin alle höheren Fragen verwirklicht werden, sobald diese seltsame Unruhe in mir verschwindet.

Denn ich lebe mit dem kalten Vergnügen dessen, der etwas wusste, was die anderen nicht wussten. Auch habe ich gewissermaßen den "Sechsten Sinn" und ich habe andere Orientierungsfähigkeiten ausgebildet. Sie geben mir Haltung und Hoffnung auf den Tag X.

Den nur mir und der Sparkasse bekannten Bauplänen zufolge wurde meine Doppelgarage wegen des abschüssigen Geländes Wand an Wand mit einem seitlichen Archiv direkt neben dem Raum mit den Kundenschließfächern errichtet. Und seitdem beleben Rififi-Einbruch-Sequenzen meine kühnsten Träume.

Doch Träume sind Schäume, weil praktisch nicht umsetzbar wegen des Lärms, wegen der Erschütterungen und wegen des Faktors XYZ. Also geht's an einem frühen Morgen direkt nach der Öffnung der Sparkasse rein und wieder raus.

Prost Mirek!"

„Emil, sag mir mal, wie soll ich mit

diesen abstrusen Plänen umgehen, die voll und ganz im Gegensatz zu deinem sonstigen Verhalten stehen?"

„Mirek, mag sein, dass ich mich anhöre wie ein illusionsloser Desperado in einem Western-Film, während im Hintergrund eine Mundharmonika-Melodie sich klagend und schleppend dehnt, aber… "

„Aber was?"

„Einer wartet immer − und wir zusammen mit Salto sollten nicht weiter warten.
Prost Mirek!"

„Dazu fällt mir nichts ein."

„Mir vielleicht noch viel mehr. Dabei könnte das sanfte Schaukeln im Ruderboot hilfreich sein. Lass uns zum Bootsverleih gehen und ein Ruderboot mieten, wobei du dann ruderst."

„Meinetwegen, aber warum rudern wir denn nicht gemeinsam?"

„Mirek, ich kann nicht mehr rudern. In der Tat, ich schaffe es auf meiner Fußbank sogar als Trockenübung nicht. Meine Armbewegungen gehorchen mir nicht, da ist alles durcheinander. Außerdem ist der See riesengroß, ich meine, der ist mehrere Kilometer lang und breit."

„Also, ich habe da eher eine Größe von ungefähr 1.200 m Länge und 350 m Breite in Erinnerung. Als du damals deinen Bootsverleih aufmachtest, suggeriertest du etwa einen Maxi-See?"

„Daran kann ich mich nicht mehr erinnern, doch ins Wasser will ich keinesfalls fallen. Dazu musst du unbedingt wissen:
Das Wasser ist belastet, denn der künstlich angelegte See liegt auf dem ehemaligen Stahlwerksareal Phoenix-Ost im Dortmunder Stadtteil Hörde.
Bei Gedanken an Schwermetalle, Cyanid und aromatische Kohlenwasserstoffe bekomme ich gleich einen trockenen Hals. Also zischen wir das nächste Pils. Prost Mirek!"

„Emil, das muss ich alles noch einmal genau nachlesen."

„Kannst du gerne machen!
Als Jessica im Garten einige Rosen anpflanzte, musste sie sogar den Bodenaushub kostenpflichtig als LAGA-Z1-Material (s. Anhang) auf einer Deponie entsorgen."

„Im Garten habe ich aber niemals Rosen gesehen."

„Die sind verschwunden."

„Aha, was du nicht sagst!
Wie… verschwunden?"

„So wie Jessica.
Vorher sind wir noch zum Rosenparadies in die Rosenstraße gefahren, vielleicht bis in Meeresnähe. Ach ja, ich höre gerade wieder Charles Trenet singen, er singt wie immer *La Mer* und über den Klangteppich legt sich Rauschen und Rosenduft.
Mirek, magst du auch Rosen?"

„Nein, denn bei Rosen muss ich immer an rosendrapierte Kränze auf Gräbern denken. Sag mal, Emil, stellst du Jessica manchmal Rosen auf ihr Grab?"

„Wollte ich machen. Habe aber ihr Grab nicht gefunden. Überhaupt kam mir der Friedhof verändert vor; der erschien mir wie ein Stadtpark mit großen Wald- und Wiesenflächen. Dazu eine begehbare Brückenskulptur, die beim Betreten schwankt. Mir schwindelt, ich gehe auf die Knie und höre neben mir einen fiependen Hund, langgestreckt auf allen Vieren. Aber es ist nicht Salto. Sein Besitzer koddert:
„Ey Alter, kack mir hier nicht zusammen mit meinem Köter ab!"

Ich hole Kazims Firmenkärtchen der Suleiman Taxi-Zentrale aus meiner Jackentasche hervor, bitte den Hundebesitzer um einen Taxiruf und bin dann ganz verwirrt wieder am Phoenix-See angekommen. Kazim gibt mir noch einen gestreiften Beruhigungspilz und dann habe ich die Blumen am Bootssteg gewässert. Das war's!"

„Das meinst du!
Jedenfalls hast du unter der Plane eines kleinen Segelbootes am Phoenix-See übernachtet, wo man dich am folgenden späten Vormittag fand."

„Na und?
Hauptsache ist doch, dass ich wieder zu Hause angekommen bin!"

„Emil, das ist gut so!
Doch die beiden Polizisten, die dich hierhin ins Haus zurückbrachten, die meinten, du benötigtest zunehmend Hilfe und weiterführende Unterstützung."

„Mirek!
Mir reicht's. Es ist nicht deren Vergangenheit, es ist meine. Ich glühe vor Anstrengung und gleichzeitig kostet es mich Mühe, nicht zu kichern, weil die beiden Uniformierten aus einem Film stammen, den ich nie mochte, weil dort Dick und Doof immer auf der Hauptstraße fuhren, die sich unter den Rädern aufrollte wie auf eine Spule. Ich hätte nie gedacht, dass in kurzer Zeit so viel passieren kann: Flirrende Lichter vor Augen, wie ein traumluftiger Spinnwind. Zittern am ganzen Körper. Eine nahe Vorahnung, wobei sich im Lack der Taxi-

Karossen neugierige Blicke von Gaffern spiegeln und neben der Notaufnahme auf den langen Ziegelmauern mit ihren silbrig getoppten Folien blaue Blitzlichter der Krankenwagen wie irre Gewitter zucken.

Das sind Momente, in denen die Dinge ihren Namen verlieren.

Mirek, wenn ich mich nicht anstrenge, sie zu behalten, werde ich sie bald verlieren... Alle!"

„Also benötigtest du zunehmend Hilfe und weiterführende Unterstützung wie die beiden Polizisten meinten. Bislang haben wir zusammen mit Salto sowohl dein als auch mein Leben im Griff, doch mir sind zunehmend Grenzen gesetzt."

„Wie soll das denn praktisch ablaufen?"

„Als erster Schritt wären die MDK für deine Einstufung in einen Pflegezustand zuständig. Innerhalb von sechs Lebensbereichen muss detailliert deine Hilfsbedürftigkeit bewertet werden.

Es steht dabei die Erfassung des Grades der Selbständigkeit mit seinem tatsächlichen Unterstützungsbedarf im Mittelpunkt. Dafür kommt ein Profi in deine Wohnung. Ihr arbeitet zusammen einen ausführlichen Fragebogen ab und nach dessen Bewertung kann dann ein Antrag gestellt werden."

„Um das Ausfüllen des Antrages und weiterer notwendiger Formulare möchte ich dich dann bitten."

„Klaro!"

„Und ich möchte Salto bei der Befragung neben mir haben."

„Klaro!"

„Ich lege dabei meinen Arm um seinen Hals und umarme gleichzeitig Jessica. Wir sind in einem unmöblierten Zimmer schön zusammen."

„Klaro!"

„Mirek, ich bin bereit!"

# VII

# OHNE
# Hund
# Katze
# Maus
# Rechts
# Links
# Geradeaus

„Mirek, vorhin folgte ich auf einem schmalen Pfad dem Profi, äh, dem Pflegebeauftragten."

„Warum auf einem schmalen Pfad?"

„Weil banal und begrenzend."

„Wieso?"

„Weil mir seine Fragen in einer Welt ohne mich erschienen. Er fragte mich, seit wann ich hier wohne. Ich weiß von nichts und ich habe Angst, dass mir etwas zustoßen kann. Ich kenne keinen Pflegespezi, was mich sehr beunruhigt.

Um mich herum ist meine Wohnungseinrichtung mit den Gegenständen, die mir vertraut sind, äh, manchmal mehr oder weniger. Einige fehlen, die sind wohl bei dir, Mirek?!

Wenn ich in deiner Wohnung bin, sprechen sie zu mir, nein, es ist eher ein Gemurmel. Bin ich bereits schwerhörig? Ich trete in eine seltsame Stille ein, in der auch das Gemurmel nicht mehr für mich gemacht ist.

Spricht die Welt woanders ohne mich? Handelt die Welt woanders ohne mich? Dreht sich die Welt ohne mich? Bin ich bereits am Nikolaustag kein Bewohner dieser Welt mehr?"

„Emil, du bekommst jetzt in deiner Wohnung ambulante Hilfe durch die Sozialstation der hiesigen Diakonie.

Bei dir wird wieder ordentlich aufgeräumt, du wechselst regelmäßig deine Kleidung und wir erledigen zusammen mit Salto den Einkauf und ich koche für uns. An einem Wochentag gehst du dann in eine Demenzgruppe mit Tagespflege. Du wirst abgeholt und wirst wieder hierhin zurückgebracht."

„Diese Demenzgruppe finde ich nach einem Test nicht gut. Nicht weitersagen, Mirek! Irgendwie will ich da weg. Will mit Kazim eine Spritztour machen. Will diese Leute nicht mehr ertragen. Die einen glotzen mich an, die anderen fragen mich dauernd nach meinem Namen. Den verrate ich aber nicht. Andere fragen mich nach meinem Alter. So ein Blödsinn! Die wissen bei meiner Rückfrage selber nicht, wie alt sie sind. Ein Mann schlenkert mit den Armen, macht Ruderbewegungen und fuchtelt mir im nächsten Moment mit seiner Hand vor dem Gesicht herum. Da habe ich gebellt: *Salto, fass!* Vor Schreck hat er sich eingenässt und ich musste in einer Ecke sitzen und mir einen Bildband mit Fischen ansehen."

„Fische dienen der Beruhigung, Emil."

„Deswegen steht da wohl auch ein Aquarium, allerdings mit dem Aufkleber *Füttern verboten!* Die Aufsicht sagt, da wurde in einem unkontrollierten Moment eine volle Dose mit Fischfutter eingestreut. Alle Fische haben überlebt, allerdings hatte das Personal die Arbeit mit der Reinigung und dem Wasserwechsel."

„Emil, da wir gerade beim Fütterungsthema sind, muss ich dir sagen, dass Salto sein Fressen heute nicht angerührt und nur Wasser geschlabbert hat. Morgen transportiere ich ihn im T-Modell nach Essen zum Tierarzt, während die ambulante Hilfe hier in deiner Wohnung ist."

„Hoffentlich seid ihr mit einem beruhigenden Befund bald wieder hier!"

‖

‖

„Guten Tag!
Beckmann, Polizei. Hier mein Kollege
Grabowski. Sind Sie der Halter des
PKWs mit dem Kennzeichen DO-E-...?"

„Nein, ich bin hier der Tagespfleger
bei Herrn Emil Eckstein. Mein Name ist
Volker Glattleder."

„Dürfen wir kurz hereinkommen?"

„Kommen Sie! Herr Eckstein, hier
sind zwei Herren von der Polizei."

„Sollen morgen wiederkommen!"

„Guten Tag! Beckmann, mein Name.
Und hier mein Kollege Grabowski. Sind
Sie Herr Eckstein?"

„Kenne ich nicht!"

„Wie ist denn Ihr Vorname?"

„Der gehört mir nicht mehr."

„Haben Sie Ihr T-Modell an Herrn
Miroslav Czeranski verliehen?"

„Wir haben uns verändert."

„Herr Eckstein, wir müssen Ihnen eine traurige Mitteilung machen. Nehmen Sie bitte auf dem Sofa Platz. Ihr Tagespfleger Volker Glattleder setzt sich neben Sie."

„Ich will mein Frühstücksfernsehen! Gehen Sie! Alle! Jetzt!"

„Selbstverständlich, Herr Eckstein. Auf dem Weg zur Haustür reden wir noch kurz mit Ihrem Tagespfleger."

„Raus!"

„Herr Glattleder, offensichtlich ist Herr Eckstein gerade nicht in der Lage, uns zu antworten oder unsere Nachricht aufzunehmen.
Wir unterrichten Sie hiermit zur Weitergabe, dass der Fahrer des auf Herrn Eckstein zugelassenen Fahrzeuges, also Herr Miroslav Czeranski, hier ebenfalls wohnhaft, sich am heutigen Morgen einer Verkehrskontrolle durch Fahrerflucht entzog, dabei die Kontrolle

über das Fahrzeug verlor und mit überhöhter Geschwindigkeit bei der A40-Tunneleinfahrt am Essener Hauptbahnhof eine Stahlstütze rammte, wobei er tödliche Verletzungen erlitt. Ein Schäferhund wurde aus dem Fahrzeug geschleudert und verendete durch Genickbruch.

Bei dem tödlich verunfallten Miroslav Czeranski wurde kein Führerschein sichergestellt. Hierzu benötigen wir noch eine Auskunft von Herrn Eckstein. Versuchen Sie bitte, das Geschehene zu vermitteln. Sicherlich wäre es ratsam, bei dem Gespräch auch einen Arzt als Beistand hinzuzuziehen. Auf Wiedersehen!"

„Auf Wiedersehen!"

„Was! Was?"

„Beruhigen Sie sich doch, Herr Eckstein, bitte, bitte!"

„Ich will sofort meinen Anwalt sprechen!"

„Welchen Anwalt?"

„Egal, werden Sie mich begleiten?"

„Ja, ich werde Sie begleiten."

„Wo genau gehen Sie?"

„Ich gehe neben Ihnen."

„In welcher Stadt?"

„Hier in Dortmund."

„Die gehört nicht mehr zu mir."

„Herr Eckstein, mein Dienst endet gleich. Doch ich will Sie nicht alleine lassen. Ich rufe jetzt Professor Spinnwind an."

„Aber ich will meinen Anwalt sprechen!"

„Der kommt bestenfalls zusammen mit Professor Spinnwind."

„Dann sind wir schön beisammen."

„Herr Eckstein, mein Name ist Professor Spinnwind. Ich arbeite in der LWL-Klinik Dortmund-Aplerbeck für Psychiatrie, Psychotherapie und Psychosomatik. Ihr Tagespfleger, Herr Glattleder, wird Sie morgen am Vormittag abholen und zu mir für eine Befragung begleiten. Heute empfehle ich die Einnahme einer Beruhigungstablette, die ich in dieser Pillendose mitgebracht habe. Und hier noch ein entsprechendes Rezept. Wir sehen uns morgen auf der Station P2. Auf Wiedersehen!"

„Halt, Sie kenne ich doch!
Sie waren mein erster Kunde bei riskanten Tafelgeschäften.
Aha!
Und heute verteilen Sie Beruhigungstabletten. Jetzt komme ich mir weit weg vor, gehen Sie!"

‖

„Taxizentrale, hallo!
Fahrer Kazim soll mich abholen!"

„Ihre Adresse, bitte!"

„Das Haus ist schwer zu finden."

„Da kann ich Ihnen gezielt helfen."

„Bitte!"

„Also, haben Sie heute oder gestern Ihre Post bekommen?"

„Post, äh, Briefe, ja!"

„Und an wen sind diese Briefe adressiert? Bitte lesen Sie mir den Empfänger vor!"

„An Herrn Emil Eckstein, Phoenix-See-Ufer 8a in Dortmund."

„Danke, Herr Eckstein! Unser Fahrer Kazim wird in einer halben Stunde bei Ihnen sein."

„Auf Wiederhören!"

„Hallo!
Wir machen eine Spritztour zur Cranger Kirmes in Herne.
Wir kennen uns doch, also… zackzack!"

Dabei trägt er ein Lächeln im Gesicht. Allerdings nur einseitig.

Und er hat einen Traum auf der Stirn, den niemand ihm nehmen kann.

Er denkt, Moos mit Pilzen auf dem Armaturenbrett des Taxis gehören heute zur Standardausführung wie Hybrid-Antrieb und Head-Up-Display in der Windschutzscheibe.

Er trägt Stiefeletten.
Links in der Farbe Blau.
Und rechts in der Farbe Grau.

Er dreht den linken Absatz zur Seite, unter dem ihn zwei extra klein gefaltete Banknoten anlachen.

„Junger Mann, einen Geldschein bitte in Kleingeld wechseln!"

„An der Tanke Nina Ass?"

„Genau!"

Er betastet das steife Papier des Rezeptformulars von Professor Spinnwind und denkt bei dem weit geöffneten Panoramaschiebedach an den Aufstieg in die vierte Dimension:
*Up, Up and Away!*

„Junger Mann, begleiten Sie mich bitte auf das Riesenrad und dann zu den Losbuden."

‖

„Moin, Professor Spinnwind!
Heute komme ich mal mit meinem Schäferhund Salto.
Er bewohnte eine Losbude. Keine Angst, das lebensgroße Plüschtier ist harmlos. Und den Umgang mit Hunden verdanke ich meinem speziellen Individualgeruch."

„Interessant!
Wissen Sie, warum Ihr Tagespfleger Glattleder Sie hierhin begleitet hat?"

„Nur angstvolle Menschen verströmen den Geruch von Buttersäure. Bei mir bildet die Furchtlosigkeit eine besondere chemische Aura. Die sichert mir die Unterordnung eines jeden Schäferhundes."

„Ich verstehe!
Nennen Sie mir bitte Ihren Wohnort."

„Ich weiß nicht."

„Wie alt sind Sie?"

„Jung und alt."

„Haben Sie Geschwister?"

„Den roten Danny, den Salto und dann noch den Heino."

„Ihre Heimat ist wo?"

„Habe keine mehr."

„Und Ihr Haus am Phoenix-See?"

„Das hat viele Mauern. Die stehen sprachlos und ich suche in den Zimmern nach der einzigen Wand zum Durchbruch."

„Und nach dem Durchbruch, was finden Sie auf der anderen Seite?"

„Die Zeit, die mich verlassen hat, die Zeit zwischen meinem Goldstück Jessica, der kalten Sophie und der Auffahrt."

„So ist das also!
Für einen befristeten Zeitraum möchte ich Sie hier unter meiner ärztlichen Aufsicht in einem schönen Einzelzimmer mit Vollverpflegung unterbringen, um Ihre besonderen Variationen der Signalformen zu beobachten und zu behandeln, denn ich diagnostiziere einen akuten Demenzschub, der in erheblichem Maße für Sie eine Selbstgefährdung darstellt.
Diese Situation wollen wir hier in den Griff bekommen."

„Sie lügen schlimmer als gedruckt.
Hören Sie:
Auf Antonin Artauds Cube Mémo steht:
Man soll mich doch in Ruhe scheißen lassen!
Verstanden?"

‖

Es ist einfach passiert!

Ja, es ist einfach so passiert. Aber ich bin nicht allein. Da sind noch die Anderen. Ich versuche, auf sie zuzugehen. Die wollen mich nicht verstehen. Es liegt an meinen Worten oder an meinen Sätzen, die mich zu schnell verlassen.

Die grüne Tablette tut ihre Wirkung. Mein Blick hellt sich auf. Seitlich des Gartens ist ein kurz gemähtes Stück Rasen, begrenzt durch einen Maschendrahtzaun. Durch ein Loch kriecht ein schwarzer Pudel. Hallo Hund, leck mir die Hand mit deiner rauen Zunge! Die rote Tablette tut ihre Wirkung noch besser. Du schwarzer Lockenhund, du lockst mich mit Jessicas Locken. Wir müssen warten im Kreis der Zeit. Bis zur Auffahrt. Du Hund, du, du verstehst mich!? Du liegst neben mir und wir beide sammeln Kräfte, neue Kräfte. Vorher wechseln wir in ein anderes Zimmer, wo die Kulturarmee-Fraktion wohnt und wo sie ihre wahren Stücke aufführen.

Die ganze Welt ist Bühne. Alle Frauen und Männer sind Spieler. Sie treten auf und gehen wieder ab. Ich hingegen bin Erzähler von Geschichten und gehöre nicht zur selben Welt. Mein letztes Geld, das ich besitze, ist das Mittel zur Freiheit, um über Brachland zu schroten, wo meine Schritte stäuben und vivaktiv den Boden erzittern lassen. Wenn keiner mehr an Wunder glaubt, dann wird es auch keine geben. Mein Leben ist ein Narrenspiel, in das alle höheren Fragen verwickelt sind. Von meinem Zimmer aus höre ich den Springbrunnen. Ein Finger eines Weinstocks und ein Sonnenstrahl deuten auf die Stelle, wo mein Herz pocht.

Und süße Linden duften zwischen Buchen. Besonders mittags, wenn im Kornfeld Wachstum rauscht und sich auf starken Halmen reife Ähren wiegen. Dabei sind lechts und rinks leicht zu velwechsern. Du Hund, du, du verstehst mich!? Du liegst neben mir und wir beide sammeln Kräfte. Neue Kräfte. Spezielle Kräfte. Die wachsen wieder langsam in mir. Und das Loch im Maschendrahtzaun wird mit jedem Tag größer.

Beim nächsten Freigang im Garten ist es groß genug, um durchzuschlüpfen. Der neue Hilfspfleger versorgt mich vorher mit einer Tageszeitung, mit einigen

kleinen Geldscheinen und mit Menthol-Zigaretten. Ganz wichtig, weil ich darin eine pulverisierte gestreifte Tablette einbringe. Stinkt wie Iltis, belebt aber spontan. Unter Sandmanns feinem Paletot entkomme ich dann zusammen mit dir. Du Hund, du, du verstehst mich!?
Und in der Nähe der Einfahrt zu dieser Anstalt liegt die Pommesbude General Vogelheim direkt neben der Tankstelle Nina Ass am Ruhrschnellweg. *Kurze Wege – Mittelfeld!* Wie beim Fußball. Du Hund, du, du verstehst mich!?
Ich spendiere dir dann eine Wurst, so richtig schön musterhaft braun bis tiefbraun changierend durchgebraten. Und ich, ich zische ein kaltes Pils, begleitet von flutschigen rotweißen Pommesstäbchen. Und dabei tobt um uns herum das Leben: Pulsierender Verkehr vermischt mit dem angesagten Sound von Deutschrap, Türkrap, Rammstein, Heino, James Last, AC-DC, Let's be Frank sowie Álvaro Soler aus offenen Autofenstern sowie Cabrios. Lastwagen donnern vorbei. Viele davon fahren nach Polen. Ja, nach Polen, Czeranskis Heimat. Nach einem Autounfall ist er mit

unserem Schäferhund Salto nicht mehr zurückgekommen. Danach bin ich hier mitten drin. Hier ruhe ich mich aus. Ich kann warten. Du Hund, du, du verstehst mich!? Am Vormittag dieses Getöse im Garten. Grüne Wichtel schneiden mit Motorsägen die Sträucher, der Rasen wird gemäht und abgeharkt. Zurück bleibt eine Harke am Gartenzaun mit Loch.

Jetzt!
Jemand ist schneller. Fuchtelt mit den Armen und schwingt den Harkenstiel, der mich seitlich trifft. Ein dumpfer Knall im Kopf, zimbelheller Schmerz. Und plötzlich, zusammen mit einem Druck in meiner Brust, folgt auf den Knall eine Stille, eine tiefe Stille, eine umfassende Stille. So, als ob ich Watte in die Ohren stopfe. Aber ohne das Summen im Kopf zu hören, das dumpfe Sausen auf den Trommelfellen. Stille wickelt alles ein und breitet sich aus, während die Farbe Weiß verblasst und Grauschleier folgen und in die Farbe Schwarz übergehen."

‖

„Herr Eckstein, Sie befinden sich im Aufwachraum des Akutkrankenhauses. Mein Name ist Heiko Schmitt und ich bin für Sie zuständig bei der postoperativen anästhesiologischen Betreuung. Wie fühlen Sie sich?"

„Müde."

„Haben Sie Schmerzen?"

„Nein."

„Wissen Sie, warum Sie hier sind?"

„Nein."

„Lassen Sie sich bitte die Umstände erklären: Sie haben eine retrograde Amnesie, wodurch Sie nicht mehr in der Lage sind, sich an Geschehnisse vor einem bestimmten, meist traumatischen Ereignis, zu erinnern. Bei Ihnen handelte es sich um einen Schlag auf die linke Stirn mit einem Harkenstiel. Die Wunde ist drei Zentimeter lang und wurde genäht. Machen Sie sich keine Gedanken, die Heilung wird voraussichtlich komplikationslos erfolgen. Nach der Versorgung in Kurznarkose ist Ihr Kopf ebenfalls mittels CT und MRT für eine bildgebende Diagnostik unterzogen worden. Nach drei Tagen bringen wir Sie wieder zurück zu Ihrem behandelnden Arzt Professor Spinnwind, der Ihnen die Bilder erklären wird. Aus unserer chirurgischen Sicht sind wir auf einen Zufallsbefund gestoßen, nämlich auf ein größeres Aneurysma in der rechten Gehirnhälfte. Ein Aneurysma kann durch Platzen zum schnellen Tod führen. Dass Sie den Schlag auf den Kopf überlebt haben, ist erstaunlich. Die Natur gibt uns Medizinern immer wieder neue Rätsel auf. Eine Operation wäre allerdings aus unserer Sicht ein zu großes Risiko. Auch die anderen Bildbefunde, die Ihnen Professor Spinnwind ausgiebig erläutern wird, lassen ebenfalls aus unserer Sicht von einer Operation abraten.

Morgen werden Sie unserem Chefarzt, Professor Windmöller, vorgestellt."

„*Up, Up and Away!*"

„Wie bitte?"

„Ich habe Hunger. Und nach der Mahlzeit wünsche ich mir einen blauen Engel – oder auch zwei."

„Das werde ich veranlassen, nachdem ich Sie auf Ihr Zimmer gebracht habe."

„Ein Zimmer mit Aussicht?"

„Weniger dramatisch!"

„Jedenfalls geht dort die Post ab mit Hund, Katze, Maus und immer schön links, rechts und geradeaus."

‖

„Herr Eckstein, ich bin Pfleger Armknecht und bringe Sie jetzt im Rollstuhl ins Behandlungszimmer von Professor Windmöller zur postoperativen Vorstellung. Hier, in seinem Vorzimmer, müssen wir warten.
Ah, ein Notruf!
Ich bin gleich wieder bei Ihnen."
„Meinetwegen!
Ich kann hier sitzen bleiben."

„Hallo!
Hier wartet Emil Eckstein auf seine Lockerung.
Hallo!
Ist da jemand?"

Seltsam, diese Stille wickelt alles ein. Da war doch was? Genau! Ich wollte mit der Tageszeitung durch das Loch im Zaun unter Sandmanns feinem Paletot entkommen. Jetzt oder nie! Aber anders! Jetzt werfe ich als selbsternannter Freigänger flugs im Vorzimmer von Professor Windmöller dessen Anzugjacke und langen Ledermantel über – und sogar die polierten Lederslipper passen mir leidlich. Seidenschal und Schlapphut und eine kleine Flasche mit einem Energy-Drink runden meine Ausstattung.
In den Innentaschen der Anzugjacke beulen sich Geldbörse und Brieftasche. Da mich die Flure in Stille und Leere begrüßen, finde ich geschmeidig zum Aufzug, der mich in den Klinikeingangsbereich bringt. Ein Grinsen huscht über mein Gesicht wegen dieses perfekten Timings, da der

Linienbus bereits auf der gegenüberliegenden Straßenseite anrollt. Exakt der Bus mit Destination Wichteltal, gelegen hinter einem Viadukt vor einer engen Durchfahrt zwischen Betonpfeilern. Beim Entwerten des Mehrfachfahrten-Tickets löst ein heller Piepton ein leichtes Zucken in der linken Hand aus, begleitet von einem diffusen Druckgefühl unter dem Mullverband zum Schutze der gelegten Dauerkanüle. «Man dürfte Sie keinesfalls mit dieser Kanüle unbeaufsichtigt herumlaufen lassen. Naja! Es könnte erstens sein, dass Sie bei Lockerung des Verschlusses einen erheblichen, womöglich letalen Blutverlust erleiden, zum anderen weiß man ja wohl immer noch nicht, wie Sie wirklich so drauf sind», wabert im Hinterstübchen Pfleger Armknechts oder Pfleger Hansknechts Fistelstimme als Echo 1, als Echo 2 und abebbend als Echo 3. Die wenigen Fahrgäste im Bus mustere ich beim Gang von vorne nach hinten, um denjenigen Mann zu kontaktieren, dessen Gesicht im Traum nur unscharf zu erkennen war.

Und – da ist er!

Czeranski sitzt ausgerechnet auf einem besonderen Platz im Bus, auf einer Zweier-Sitzbank mit dem darunter gelegenen Heizelement. Flugs nehme ich neben ihm Platz, eine Tatsache schaffend, die einem Annäherungsversuch in diesem spärlich besetzten Bus gleichkommt und natürlich auch als solcher gelten soll. Wenige Worte verselbstständigten sich, begleitet von einer geschmeidigen Übergabe eines prall gefüllten Portemonnaies.

»Mirek, nimm das nächstbeste Taxi und fahre geschwind zur Klinik zurück, gebe die Geldbörse beim Pförtner ab und melde gleichzeitig deinen Finderlohn an!«

Ah! Noch sechs Stationen bis zum Straßenabschnitt mit einer drastischen Fahrbahnverengung wegen der dicht beieinander stehenden tragenden Betonpfeiler unter dem Viadukt.

Ah! Und noch sieben Stationen bis zur Endstation mit großzügiger Kehre, dominiert von einem Kiosk mit einem seitlich angebauten öffentlichen WC. Einfach im Bus sitzen bleiben und den Fahrer seines Postens entheben, um sodann geschmeidig als neuer Busfahrer die Rückfahrt anzutreten – und dabei ganz alleine mit mir selbst sein.

Aber nur bis hin zum Viadukt mit maximaler Beschleunigung!

Träume sind Schäume, denn der Busfahrer besteht auf Verlassen des Fahrzeugs vor Rückfahrt. Schließt schnell ab und geht zielgerecht in Richtung Kiosk.

Einem akuten Harndrang folgend, eile ich schnurstracks zum WC, in dem sich gerade zwei Gestalten im prekären Outfit erleichterten. Stelle mich an der Pinkelrinne dazwischen, hebe den Langmantel, stehe flott im Freien und lege mit Druck los. Irritiert schlagen beide Gestalten ab, «Sau» und «Süß der Kleine» am urinalen Ort verbal zurücklassend.

Und, da sind sie schon wieder, diese beiden Gestalten! Haben seitlich vom Bus einen kleinen Pickeligen ans heiße Motorgitter gepinnt, um sein Handy abzuziehen, aber nicht nur das, denn sie belustigten sich darüber hinaus noch bei jedem spitzen Aufschrei ihres Opfers nach Fausthieb oder Fußtritt.

„Sofort aufhören!"

Sowie:

„Gleich gibt's was auf die Fresse, alter Pisser!"

Das waren vorerst die letzten artikulierten Wortfragmente, derweil ich wie aus heiterem Himmel mit der Energy-Drink-Flasche zweimal gezielt zuschlage und, obwohl medikamentös gedimmt, mit dem Ergebnis durchaus zufrieden sein kann.

Zügig zeigt die herbeigerufene Polizei Präsenz. Warum jedoch fast zeitgleich eine agile Person im Stakkato-Takt Fotos macht, derweil man meinen Ausweis penibel inspiziert und darüber hinaus mehrmals um Überlassung einer Visitenkarte bittet, also, wirklich, all das rauscht an mir vorbei.

Beim Versehen des Ausweises in die gediegene lederne Brieftasche mit Prägedruck eines Äskulapstabes, vernehme ich:

„Bravo, Herr Professor!

Das nennt man Zivilcourage. Unsere Zeitung wird Sie als einen beispielhaften Mann der Tat belobigen und, bitte sehr, noch ein letztes Foto beim Einsteigen in den Bus.

Danke!
Gute Heimfahrt, Herr Professor!"

Der angestrebte Bus-Fahrersitz wird gegen einen anderen getauscht, wobei plötzlich ein heißer Schwall den Mullverband flutet.

Sitze auf einer rückwärts gerichteten Sitzbank im hinteren Busbereich, während die Linie von unterbrochenen Straßenmarkierungen in sich als ein verschwommener Streifen zusammenfließt, wieder auftaucht in Bahnen gleißend heller Neonröhren über mir und endend in einem hyperstrahlenden, runden OP-Raum und permanent begleitet vom gelind gedämpften Getrappel grün gewandeter Gestalten.

Sie kommen!

**ENDE**

## ANHANG

**1.**

https: //de.wikipedia.org/wiki/ Phoenix-See

Der Phoenix-See ist ein künstlich angelegter See auf dem ehemaligen Stahlwerksareal Phoenix-Ost im Dortmunder Stadtteil Hörde. Inhaltsverzeichnis. 1 Das Projekt. 1.1 Finanzierung, 1.2 Sanierung des Bodens. 2 Bau und Nutzung des Sees. 3 Bebauung. 3.1 Wohngebiet; 3.2 Gastronomie und Gewerbe.

Das Projekt, Bau und Nutzung des Sees, Bebauung, Gentrifizierung.

**2.**

Die Medizinischen Dienste der Krankenversicherung (MDK) sind für die Einstufung in einen Pflegegrad zuständig. In sechs Lebensbereichen muss detailliert bewertet werden, wie hilfsbedürftig jemand ist. Es steht die Erfassung des Grades der Selbständigkeit mit seinem tatsächlichen Unterstützungsbedarf im Mittelpunkt, wobei insbesondere Demenzerkrankte vom neuen Verfahren profitieren (Umsetzung der Pflegereform in 2017).

**3.**
Grundlage für Zwang bei der Betreuung Kranker ist das "Gesetz über Hilfen- und Schutzmaßnahmen bei psychischen Krankheiten" (PsychKG).
Ist eine Person im Moment der Begutachtung nicht in erheblichem Maße selbst- oder fremdgefährdet, hat ein Richter kaum Handlungsspielraum, eine Unterbringung zu verfügen.

**4.**
Demenz-Diagnostik: zweiter Schritt CT oder MRT - Ärzte Zeitung
https://www.aerztezeitung.de/...
/demenz // demenz-diagnostik-zweiter-schritt-ct-mrt.htm...
02.05.2008 - Jeder Patient mit Demenz-Symptomen sollte zumindest einmal in diesem Zusammenhang eine bildgebende Untersuchung des Kopfs erhalten.

**5.**
LAGA-Z1-Material
https://de.wikipedia.org › wiki › Länderarbeitsgemeinschaft_Abfall. Je nach Schadstofflast fällt das Material in eine der LAGA – Einbauklassen. Es gibt folgende Zuordnungswerte (Obergrenzen der Einbauklasse): Z0, *Z1*, Z2, ...

# FOLGENDE BÜCHER KÖNNTEN EBENFALLS VON INTERESSE SEIN

## Erstens:

**Großer Mann - Kleiner Mann**
Erlebnisse aus der Nachkriegszeit – vom zerstörten Ruhrgebiet bis nach Berlin
Erste Auflage ©2014 Jo Ziegler
unbebildert
Edition Bärenklau / München
BookRix e-Book

Zweite überarbeitete und SW- bebilderte Auflage 2021 ©2021 Jo Ziegler
Cover sowie Abbildungen im Text

www.tredition.de
tredition GmbH, Halenreie 40-44, 22359 Hamburg
978-3-347-22770-5 (Paperback)
978-3-347-22771-2 (Hardcover)
978-3-347-22772-9 (e-Book)
In diesem dokumentarliterarischen Werk wurden eigene biografische Begebenheiten aus der Jugend in der unmittelbaren Nachkriegszeit im zerbombten

93

**JO ZIEGLER**

# GROßER MANN
# KLEINER MANN

Ruhrgebiet bis hin in die 1968er Jahre verarbeitet, wobei alltägliche kleinste Beobachtungen sich zu langen

Assoziationsketten reihen, um der eigenen subjektiven Wahrnehmung auf die Spur zu kommen.

Jo Ziegler entführt hier seine LeserInnen mit eigenen Beobachtungen und mit sieben Interviews durch sieben verschiedene Orte im Münsterland, im Rheinland, im Ruhrgebiet und durch Berlin in einer Zeit des Umbruchs des früheren Nachkriegsdeutschlands.

## Zweitens:

**Omas kleines Häuschen**

2019 (Januar) OMAS KLEINES HÄUSCHEN
TREDITION
Zweite überarbeitete Auflage
ISBN 978-3-7482-5071-5

Hier setzt Jo Ziegler einen weiteren dokumentar-literarischen Eckstein:
Diese Dokumentarliteratur wie Autobiografie und Familienchronik

findet sich im postfaktischen Zeitalter der Erinnerungen mit Tatsachen, mit Gefühlen und mit Spekulationen und mit dem, was davon erhalten ist.

Und was davon bleibt vermittels besonderer Erinnerungsorte.

Der Begriff Erinnerungsort ist eine Wortschöpfung, die ursprünglich auf das von dem französischen Historiker Pierre Nora für die französische Nationalgeschichte konzipierte siebenbändige Werk "Les lieux de mémoire" (1984-1992) zurückgeht, das wiederum von den Arbeiten zum kollektiven Gedächtnis des französischen Soziologen und Philosophen Maurice Halbwachs beeinflusst worden war.

Seitdem wurde Noras Konzept mehrfach übertragen und weiterentwickelt und knüpft inhaltlich hier in diesem Buch an. Es werden Lebensabschnitte mit ihren besonderen Themenbereichen in Form von memorierten Niederschriften in freier nicht chronologischer Abfolge dokumentiert und dabei begleitet von Bildern und Fotos.

## **Drittens:**

http://www.warwas-ruhr.de
WAR WAS?
Heimat im Ruhrgebiet 2013
Erinnerungsorte und Gedächtnisräume, 6. Geschichtswettbewerb des Forums Geschichtskultur an Ruhr und Emscher e.V.

Mit einem Beitrag von Dr. Jo Ziegler aus:
DIE RUHR-MAGIER
Schreibhaus-Verlag Bochum 2008
ISBN 3937840060

*Der am Ende des 19. Jahrhunderts angesiedelte historische Roman erzählt die turbulente Geschichte um drei*

97

*Schmiedeknechte, die als die Ruhr-Magier eine ungewöhnliche Karriere inmitten der boomenden Industrialisierung des Ruhrgebiets machen.*

Jo Ziegler`s Romanwelt ist bunt, schrill, auf Vielfalt konzentriert und damit eigentlich dezentriert. Hier schreibt kein Dogmatiker der Linearität. Hier wird nicht eine Geschichte mit einem Erzählstrang stranguliert; vielmehr weiß der Autor um die Vielschichtigkeit der Welt und collagiert sie couragiert.
Vom Halbach-Hammer, wo an jedem Sonntag in der Schmiedesaison öffentliche Vorführungen stattfinden, inspiriert, schrieb Jo Ziegler seinen ersten Roman der Trilogie:
DIE RUHR-MAGIER
Dem folgte der zweite Roman JONA. Die gleichnamige Heldin ist die Ur-Enkelin der Essener Schmiedefamilie aus den Ruhr-Magiern. Mit ihrer Halbschwester und einer Freundin wollen sie sich am chinesischen Neujahrsfest traditionell gegenseitig Reichtum wünschen – im "Jahr des Goldenen Schweins".

Im dritten Roman
PINKA RUHR-WURM besucht Jona während des Kulturhauptstadt-Jahres Ruhr2010 ihre Freundin Biggi im harten Stadtkern von Essen, während im Baldeney-See eine Algenpest wütet.

2016 Zweite überarbeitete Auflage
DIE RUHR-TRILOGIE
Eine große Revier-Chronographie in drei Romanen
BoD
Als gebundene bibliophile Ausgabe und als e-Book
ISBN 3739225920
ISBN 9783739225920

## Kurzvita und Bibliographie

Im Ruhrgebiet 1949 geboren
und dort lebend. Bildender
Künstler und Autor einer
großen Revier-Chronographie
in drei Romanen mit dem
Buchtitel Die Ruhr-Trilogie
2008 und 2010 erschienen im
Schreibhaus Verlag Bochum
Ab 2010 Reaktionsmitglied
bei www.kulturproramm.de
Ab 2013 Veröffentlichungen
in der Edition Bärenklau Berlin
Ab 2014 Veröffentlichungen
bei Beam eBooks Köln
Ab 2016 Veröffentlichungen
bei BoD Norderstedt
Ab 2018 Veröffentlichungen
bei TWENTYSIX
Norderstedt
und
bei TREDITION
Hamburg


https://www.amazon.de/
*Jo-Ziegler/e/B00MD912NU*

# Chronologie sämtlicher Buchveröffentlichungen

2008
Jo Ziegler
DIE RUHR-MAGIER
Schreibhaus-Verlag Bochum 2008
ISBN 3937840060
2008
Jo Ziegler
DAS KULTURFENSTER
Dokumente kultureller Kooperation
Ein Materialbuch zu Jo Ziegler's
Trilogie DIE RUHR-MAGIER
www.dieruhrmagier.de
Schreibhaus-Verlag Bochum
ISBN 978 3 937840 09 3
2010
Jo Ziegler
JONA
Schreibhaus-Verlag Bochum 2010
ISBN 978 3 937840 07 9
2010
Jo Ziegler
PINKA RUHR-WURM
Schreibhaus-Verlag Bochum 2010
ISBN 978 3 937840 08 6

2014
Jo Ziegler
GROßER MANN - KLEINER MANN
Erlebnisse aus der Nachkriegszeit – vom zerstörten Ruhrgebiet bis nach Berlin, Edition Bärenklau / München: BookRix e-Book
2015
Jo Ziegler
HERRENSCHMITT...und ICH!
Eine Novelle
Edition Bärenklau / amazon
2016
Zweite überarbeitete Auflage
Jo Ziegler
DIE RUHR-TRILOGIE
Eine große Revier-Chronographie in drei Romanen
BoD Als gebundene bibliophile Ausgabe und als e-Book
ISBN 3739225920
ISBN 9783739225920
2017
Jo Ziegler
SOKO SOKOLOWSKI
Ein Ruhrgebiets-Kunst-Krimi
BookRix Verkauf durch: Amazon Media S.à r.l. ASIN: B06WVDYRLJ

2018
Jo Ziegler
GLOCKEN-HEIM
Ein Polit-Krimi
TWENTYSIX
ISBN 978-3-7407-4418-2 und als e-Book
2018
Jo Ziegler
DIE KALAHARI LEBT
Erzählungen der Buschleute in Namibia
TWENTYSIX
ISBN 9783740744731 und als e-Book
2018
Jo Ziegler
ZWEI KANTIGE KERLE
Ein Doppel-Roman
TWENTYSIX
ISBN 9783740735876 und als e-Book
2019
Zweite überarbeitete Auflage
Jo Ziegler
OMAS KLEINES HÄUSCHEN
Dokumentarliteratur, Autobiografie,
Familienchronik
TREDITION
ISBN 978-3-7482-5071-5

2019
Jo Ziegler
MEGA MASCHINSKI STORYS
TREDITION
ISBN 978-3-7482-6640-2 (Paperback)
ISBN 978-3-7482-6641-9 (Hardcover)
ISBN 978-3-7482-6642-6 (e-Book)
2020
Jo Ziegler
SPÄT LESE STORYS
TREDITION
ISBN 978-3-347-00747-5 (Paperback)
ISBN 978-3-347-00748-2 (Hardcover)
ISBN 978-3-347-00749-9 (e-Book)
2021
Jo Ziegler
GROßER MANN
KLEINER MANN
Zweite überarbeitete und bebilderte
Auflage 2021
©2021 Jo Ziegler
Cover sowie Abbildungen im Text
TREDITION
ISBN 978-3-347-22770-5 (Paperback)
ISBN 978-3-347-22771-2 (Hardcover)
ISBN 978-3-347-22772-9 (e-Book)

2021
Jo Ziegler
RABE RABULINSKI
Dialogdichtung
mit SW-Illus ©carolyn.pini.org
Die Sprache ist rabulistisch. Die Form der Figurenrede ist die direkte Rede: Geradeaus, nüchtern und alltäglich. Wortwechsel ist Handlung mit szenischer Wirkung.
Die LeserInnen dieses originellen Kompendiums aus dem Rabenkosmos als bildhafte Stellvertreter der menschlichen Gesellschaft gelangen geschmeidig in die weite Welt einer vitalen Themenvielfalt und gehen dabei den spannenden Weg im Verbund von Abenteuer, Geburt, Geschichte, Kunst, Literatur, Niedertracht, Sex, Tod und Verrat.

TREDITION
ISBN   978-3-347-20399-0   (Paperback)
ISBN   978-3-347-20400-3   (Hardcover)
ISBN   978-3-347-20401-0 (e-Book)

# IMPRESSUM

Bibliografische Information der
Deutschen Nationalbibliothek:
Die Deutsche Nationalbibliothek
verzeichnet diese Publikation
in der Deutschen Nationalbibliografie,
detaillierte bibliografische
Daten sind im Internet über dub.dub.de
abrufbar.

www.tredition.de

tredition GmbH, Halenreie 40-44, 22359
Hamburg

978-3-347-22933-4 (Paperback)
978-3-347-22934-1 (Hardcover)
978-3-347-22935-8 (e-Book)

**Autorenfoto Jo Ziegler**
Katakomben-Theater Essen 2015 während Proben der PostDrama-Aufführung:
<<KEIN TEICH, KEIN SCHLOSS>>

Zeitfracht Medien GmbH
Ferdinand-Jühlke-Straße 7
99095 Erfurt, Deutschland
produktsicherheit@kolibri360.de